当代诗人自选诗

下午茶

聂权——著

《星星》历届年度诗歌奖获奖者书系

梁　平　龚学敏　主编

四川文艺出版社

星星与诗歌的荣光

梁 平

《星星》作为新中国第一本诗刊，1957年1月1日创刊以来，时年即将进入一个花甲。在近60年的岁月里，《星星》见证了新中国新诗的发展和当代中国诗人的成长，以璀璨的光芒照耀了汉语诗歌崎岖而漫长的征程。

历史不会重演，但也不该忘记。就在创刊号出来之后，一首爱情诗《吻》招来非议，报纸上将这首诗定论为曾经在国统区流行的"桃花美人窝"的下流货色。过了几天，批判升级，矛头直指《星星》上刊发的流沙河的散文诗《草木篇》，火药味越来越浓。终于，随着反右运动的开展，《草木篇》受到大批判的浪潮从四川涌向了全国。在这场声势浩大的反右运动中，《星星》诗刊编辑部全军覆没，4个编辑——白航、石天河、白峡、流沙河全被划为右派，并且株连到四川文联、四川大学和成都、自贡、峨眉等地的一大批作家和诗人。1960年11月，《星星》被迫停刊。

1979年9月，当初蒙冤受难的《星星》诗刊和4名编辑全部改正。同年10月，《星星》复刊。臧克家先生为此专门写了《重现星光》一诗表达他的祝贺与祝福。在复刊词中，几乎所有的读者都记住了这几句话："天上有三颗星星，一颗是青春，一颗是爱情，一颗就是诗歌。"这朴素的表达里，依然深深地彰显着《星星》人在历经磨难后始终坚守的那一份诗歌的初心与情怀，那是一种永恒的温暖。

时间进入20世纪80年代，那是汉语新诗最为辉煌的时期。《星星》诗刊是这段诗歌辉煌史的推动者、缔造者和见证者。1986年12月，在成都举办为期7天的"星星诗歌节"，评选出10位"我最喜欢的中青年诗人"，北岛、顾城、舒婷等人当选。狂热的观众把会场的门窗都挤破了，许多未能挤进会场的观众，仍然站在外面的寒风中倾听。观众簇拥着，推操着，向诗人们"围追堵截"，索取签名。有一次舒婷就被围堵得离不开会场，最后由警察开道，才得以顺利突围。毫不夸张地说，那时候优秀诗人们所受到的热捧程度丝毫不亚于今天的任何当红明星。据当年的亲历者叶延滨介绍，在那次诗歌节上叶文福最受欢迎，文工团出身的他一出场就模仿马雅可夫斯基的戏剧化动作，甩掉大衣，举起话筒，以极富煽动性的话语进行演讲和朗诵，赢得阵阵欢呼。热情的观众在后来把他堵住了，弄得他一身的眼泪、口红和鼻涕……那是一段风起云涌的诗歌岁月，《星星》也因为这段特别的历史而增添别样的荣光。

成都市布后街2号、成都市红星路二段85号，这两个地址已经默记在中国诗人的心底。直到现在，依然有无数怀揣诗歌梦想的年轻人来到《星星》诗刊编辑部，朝圣他们心中的精神殿堂。很多时候，整个编辑部的上午时光，都会被来访的读者和作者所占据。曾担任《星星》副主编的陈犀先生在弥留之际只留下一句话："告诉写诗的朋友，我再也不能给他们写信了！"另一位默默无闻的《星星》诗刊编辑曾参明，尚未年老，就被尊称为"曾婆婆"，这其中的寓意不言自明。她热忱地接待访客，慷慨地帮助作者，细致地为读者回信，详细地归纳所有来稿者的档案，以一位编辑的职业操守和良知，仿佛春风化雨，润物无声地温暖着每一个《星星》的读者和作者。

进入21世纪以后，《星星》诗刊与都江堰、杜甫草堂、武侯祠一道被提名为成都的文化标志。2002年8月，《星星》推出下半月刊，着力于推介青年诗人和网络诗歌。2007年1月，《星星》下半月刊改为诗歌理论刊，成为全国首家诗歌理论期刊。2013年，《星星》又推出了下旬刊散文诗刊。由此，《星星》诗刊集诗歌原创、诗歌理论、散文诗于一体，相互补充，相得益彰，成为全国种类最齐全、类型最丰富的诗歌舰队。2003年、2005年，《星星》诗刊蝉联第二届、第三届由中宣部、国家新闻出版总署、国家科技部颁发的国家期刊奖。陕西一位读者在给《星星》编辑部的一封信中写道："直到现在，无论你走到任何一个城市，只要一提起《星星》，你都可以找到自己的朋友。"

2007年始，《星星》诗刊开设了年度诗歌奖，这是令中国诗坛瞩目、中国诗人期待的一个奖项。2007年，获奖诗人：叶文福、卢卫平、郁颜。2008年，获奖诗人：韩作荣、林雪、茱萸。2009年，获奖诗人：路也、人邻、易翔。2010年，获奖诗人、诗评家：大解、张清华、聂权。2011年，获奖诗人、诗评家：阳飏、罗振亚、谢小青。2012年，获奖诗人、诗评家：朵渔、霍俊明、余幼幼。2013年，获奖诗人、诗评家：华万里、陈超、徐钺。2014年，获奖诗人、诗评家：王小妮、张德明、戴潍娜。2015年，获奖诗人：臧棣、程川、周庆荣。这些名字中有诗坛宿将，有诗歌评论家，也有一批年轻的80后、90后诗人，他们都无愧是中国诗坛的佼佼者。

感谢四川文艺出版社在诗集、诗歌评论集出版极其困难的环境下，策划陆续将每年获奖诗人、诗歌评论家作品，作为"《星星》历届年度诗歌奖获奖者书系"整体结集出版，这对于中国诗坛无疑是一件功德无量的举措。这套书系即将付梓，我也离开了《星星》主编的岗位，但是长相厮守15年，初心不改，离不开诗歌。我期待这套书系受到广大读者的青睐，也期待《星星》与成都文理学院共同打造的这个品牌传承薪火，让诗歌的星星之火，在祖国大地上燎原。

2016年6月14日于成都

目录

小 屋

围坐在风雪包裹的小木屋里

他们最后都说

世事如棋

全都掌控在上苍和群山的手中

炉火温暖，他始终沉默

天明时他桌上瓜果未动

压着纸条：

他在夜晚出发了

去找那深处的主宰

作一理论

春 日

我种花，他给树浇水

忽然
他咯咯笑着，趴在我背上
抱住了我

三岁多的柔软小身体
和无来由的善意
让整个世界瞬间柔软
让春日
多了一条去路

理发师

那个理发师
现在不知怎样了

少年时的一个
理发师。屋里有炉火
红通通的
有昏昏欲睡的灯光
忽然，两个警察推门
像冬夜的一阵猛然席卷的冷风

"得让人家把发理完"
一个警察微笑着说，当另一个
掏出一副手铐
理发师一言不发
他知道他们为什么来，他等待他们
应已久。他沉默地为我理发
耐心、细致
偶尔忍不住颤动的手指

像屋檐上，落进光影里的

一株冷冷的枯草

下午茶

在我们开始喝茶时

一个黑人小男孩，在地球那边，被母亲牵着

送给小饭馆老板

太饿了，她养活不了他

她要活下去

在我们谈起尼日尔、迈杜古里时

黑人小男孩，被饭馆老板

拴了起来，和几个小男孩

串在一起，像一串蚂蚱。母亲

从身材矮小的老板手里拿过的一沓钱，相当于人民币

一千元

在我们说到鳄鱼肉是否粗粝腥膻时

饭馆老板挨个摸捏了一下，凭肉感

选出了刚送来的

这个孩子，把系他的绳子解开

当我们谈及细节，非洲待了三年的张二棍

微微叹息，饭馆只是简陋草棚，有一道菜

是人肉

起身、送客

阳光斜了下来

小男孩，已经被做成了

热气腾腾的

几盘菜，被端放在了桌子上

浮桥上的月亮

再没有比它更高的浮桥了。
而人们忙忙碌碌，只顾
重复每日脚步。但还是
有人
仰头，注意到
那轮红色的月亮
它竟然那么大那么圆
散发与现实对应的
梦境一样的光彩——
兴奋地，对身边的男孩大叫了一声
把手指向了它

熟　悉

立刻就熟悉了。
地铁上，素昧平生的两位母亲
把他们放在相邻的座位上

"我五岁！你几岁？"
"我四岁！"
"我喜欢熊猫
你喜欢什么？"

那么天然的喜悦
茫茫无边的尘世
他们是那么信任对方
易于结识

三峡大坝旁

屈原祠不再

诗人毛子兄说，他还记得

孩童时，走在江边

有江猪子此起彼伏地追逐

和他一起前行

像满怀兴奋的

顽皮油亮的小男孩小女孩。

江猪子，形同白鳍豚

只是色黑

鱼越来越少，好多年没看到它们了

他的语调，仿佛是在长久地呼唤

濒临危亡的江猪子：春天，两岸花盛开

它们要离开家园

逆流穿过西陵峡

穿过巫峡

瞿塘峡

万里洄游，到奉节，清溪的源头产卵。

它们，前仆后继地撞死在

突然矗立无法逾越的水泥上

梅　梅

她圆脸、鬈发
原是
一个健壮、红润的女孩儿
对世间一切，均带有月牙儿弯弯的笑意

无机心，齿牙伶俐的妹妹
指责她的英语早读妨碍她的睡眠
她乖乖地闭上了嘴

她头疼，打着滚
身上满是灰土
舍不得花钱
送她上医院
她的母亲

毕竟不是埋一只猫一只狗
那年我回乡，看着了她母亲
她瘦了几分

铁卵池

齐白石画

梅花草堂

梅花

如漫天雪

画堂、作品、藏品毁于一旦

朱屺瞻老人

于原址插疏篱

重建草堂，于其旁

疏凿日军炸弹所留深坑为池

——如今，池中水绿

睡莲低矮，开得美艳

十四岁的弃儿

主持人问他：

"你有爸爸吗？"

"没见过，不知道"

"你见过妈妈吗？"

"没有"

"你的梦想是什么？"

"想有一个正常的家庭"

"现在还有坚持找你父母的想法没？"

"没有，以后

有本事再去自己找他们"

"如果找到

你会对你的爸爸和妈妈怎么说？"

"我就是

想问问，他们为什么把我丢下

不管我"

被领养到业余棒球队，他逃跑了半年

"半年多你做什么了，孩子？"

"在北京流浪"

"你吃什么？"

"我这个、我不想说"

"如果你爸妈忽然出现在你面前

你会怎么样？"

"不知道，他们

长什么样，叫什么

我也不知道"

"最后问你三个问题

你想爸爸还是想妈妈？"

"没有"

"你最爱的人是谁？"

"教练，帮助过我的

每一个人"

"这个世界上

最恨的人是谁？"

"没有"

不逊之心

瘦削如一根草的老男人，修草工
在给春日草坪浇水。

他安静，专注
只看草
仿佛，那是全部。

他有一个胖妻子
永远在他身后嘟嘟囔囔抱怨
她又黑，又丑，有时
显现咆哮的嘴脸
他有三个儿女，乖巧孝顺，逐渐长大
仍穿着和他一样，贫穷卑微的衣裳

他慢慢臣服了这一生
——一个人，只有一生。
但是，命运之神！原谅他吧
偶尔的走神，身子的一动，他对你的

不逊之心

星光菩萨

春天又来了
叶子暖了

她脱掉了高帽和鞋，说
日子难熬啊
他阴阳头，捶打腰眼，说
日子难熬啊

抱在一起，躺着
交换一丝一丝的疏软和体温

头抵着头
手搂着腰：
苦啊

悲悯的星光如清凉的菩萨
照土坯房
照大悲伤，也照小幸福

二 月

白茫茫一片真干净

菩萨低眉，倒挂垂柳枝
难挽救少不更事的心灵

投毒者，言谈神惸
冷漠淡定，自己和他人的性命
看如蠢蠢；少年前夜，十四岁
网吧中举刀
刺死父亲

不及挽回了，人世实在
不能再给他们
果枝上熟透的时间

清道夫

你信不信，一条鱼在临死前
慢慢浮起，摇动尾巴，转身
看了我一眼？
眼神温暖
像鱼有微笑眷恋的人脸，看一个熟人？

在此之前，它从未对我
表示彻底的信任，刚买回时
它会猛烈横冲乱撞

它叫清道夫，一生
黑而丑
卖鱼人说
它不能算作鱼
只能算作鱼的附庸

流浪儿

用粉笔

在水泥地上

画一个妈妈

然后蜷缩在她的肚腹中睡去，像

依偎着她

也像仍然在她体内

舍不得出生

简笔画的妈妈

那么大

她有漂亮长发、蝴蝶结

有向日葵一样的圆脸庞

和弯弯笑眼

寇白门

女侠寇白门，据说
发苍苍迟暮之年
苦苦留宿心爱韩生不成
俄闻其
与年轻婢女颠鸾倒凤
愤而成疾
一病而逝

对现实衰老的拒绝
侥幸逃脱时光的
错觉，她
并不是孤例。你可以
嘲笑她
却不能
嘲笑一面
茫茫尘世间
生命的镜子

SHDHU　BABA

双手合十，跪了下来
双手合十，迎着清晨圣光
向伟大的神问安

贱民无法进入神庙，怎么办？
他和他的父辈，把神的名字
刻满全身

SHDHU　　BABA
24岁在身上接纳神名
刻了四年，如今他时光将尽，83岁
双目失明
和妻子相依为命

一座金碧辉煌的神庙
和众多的行走过的神庙跪在一起
承接着
来自高空的温暖和救赎

真　相

世人喜欢什么
商贩就造什么

喜欢玫瑰，他们就造艳丽的
喜欢刀刃，他们就造锋利的

姜被硫黄熏过，呈现优美色泽
橘子熏过，在这世上速腐

速腐之物为何出现在菜市场
小贩微微一笑
道出了真相：
"人们看重它们的品相。"

多少事物都是如此，自己造就的
总要由自己
把它吃掉

凝 神

用麂皮擦拭壁上的镜子

可怜柔软的麂皮
偌大一块，不还价只卖30元
可怜一只麂子
全身没有几块
这样的皮子

可怜白云下青草里的
悠然奔跑
可怜月夜里的
凝神

午 后

我们相拥躺着
不知不觉睡着了

阳光照在我们的肌肤上
像黄金，像跳跃着的银子

它们慢慢消失
像沙粒，像人生的温暖与微凉

像水的跳跃
像水融入哑然无声的水中

我们终究要分开
像水，不溅起一滴水花

但薄窗纱似的暖和，这个午后之后
在我们的心中存留下来了

喧 哗

那是我给你的伤害
它们像波浪

它们更像少年不更事的悔恨
一波高似一波，在这个越走越深的尘世里

我还未全被淹没。
我曾给你的，时间会加倍还给我。

我听着潮声，它们慢慢喧哗
震耳欲聋

如果还能回去
我们心灵的故地，我愿意
把我还给你。

流浪狗

它走走　歇歇　最后
伏在一个即将要发出惊呼的
姑娘脚下
嗅她的气息

它那么小，有着
令人难以言说的眷恋的神态
那种神态，让我忽然忆起
一些倾心爱过
已然遥远的时刻

它不再有哈巴狗精巧的漂亮
脏、发黑、疲惫
有一块皮毛卷起
显露被打虐的暗红伤痕
但明显地，它对人类仍不存戒备之心
伏下的眼睛，闪动、闪动
闪现着它在过去，和一个人依依不舍的温情

藏

弹尽，我们还在一起

粮绝，我们还在一起

弹尽粮绝
我们分开了

当时我们心怀美好
长久藏着对方流泪的温暖的脸
而今却因最终的背叛
生出微微的怨恨和悔意

午后的绿萝

我没有想起你
仿佛你消失了

云朵拖曳着香气
微风送来细细清凉
万物呈现着各自的锋芒与阴影
阔大的世间，我有
自己的一方小庭院
足够了

用我的灵魂
慢慢爱抚它们
——我看到的
我感觉到的，这一切
像无处不在的风

宁静充满了我
我像院中你亲手培植的大叶绿萝一样

浮现在你不久后的记忆里。

这时，我没有想起你

仿佛，你消失了

小人物

他是一个小人物，半小时前
刚从琐屑杂务中脱身

没有一个人
能全得这世上自由的生活
蛛网般的现实
给他们大大小小的限制

踏着薄雪
快到家了
清凉的雪意迎面而来，吸入脏腑

每当这时
他会加快脚步
脚步轻快，会看到
浩瀚无垠的星空
笼罩他，从头顶
进入他

脚步轻快，他啊

就是那条高远的闪闪发亮的银河

它清冷，又温暖，充满安宁

打开门

他知道，屋里会有暖

等着他

锅碗瓢盆、窗台上的长寿花，灯光下，会用鲜艳的笑容

等着他

相亲的老男人

封闭的相亲室里，对方还没有来
他倦了，一个人

宽大的扶椅上
有一刻仿佛睡着了
房间仿佛
无限地变大，疲乏的骨节和肌肉
宇宙间无限地蓬松放大

耷拉的眼睑沉重
仿佛已到庞大的暮年
仿佛已停靠白发昏沉的岸边
仿佛心中有许多小火焰，小火焰
把一些细语讲给他听
不关悲喜，只是轻声的，一些
轻声的絮语
仿佛，一生已完满地历尽
熨帖的洪水慢慢向他淹来

暴　怒

走在路上，透过半是碧绿半是黄褐的叶子

我看见，冬天庞大的身躯

已驻扎在不远处。

啊！当它来临

我会不会暴怒于

整整一个季节的单调、荒凉、光秃

和它濒死仍要

浸入温暖春天的冷。

整整一个冬季，时间凝固

每一个分秒，都遍布着彻骨的灰暗

一望无际的那么多的躯干，

已经不容奇量地逝去……

我想我会不会

终于忍不住

眼含热泪　猛然跳出

用尽力气

挡住它的去路

暴　怒

走在路上，透过半是碧绿半是黄褐的叶子

我看见，冬天庞大的身躯

已驻扎在不远处。

啊！当它来临

我会不会暴怒于

整整一个季节的单调、荒凉、光秃

和它濒死仍要

浸入温暖春天的冷。

整整一个冬季，时间凝固

每一个分秒，都遍布着彻骨的灰暗

一望无际的那么多的躯干，

已经不容商量地逝去……

我想我会不会

终于忍不住

眼含热泪　猛然跃出

用尽力气

挡住它的去路

战　役

忽然，我看到冬天

它庞大的身躯

灰白冷硬的面容

使我知道

我们之间，有好一场硬仗可打

我们弓身，对峙

从对方的眼神中．搜寻

每一丝每一毫的软弱。

谁将先凶猛地扑上去

亮出装备精良的爪牙？

一场战役，只关灵魂与思想

与身体无关。

你看不到的

也听不到一阵阵的咆哮

如果你注意看我

只会看到：傍晚时分

公交站台，聚聚散散的人流，我

在等车，偶尔望向天空

偶尔向后望一眼

夏　夜

相比于一夜间死去的七尾鱼
草们是幸福的

风吹过来
清凉而沉稳
相对于瞬息流变的万物
我们的生死
多么不值一提

二月剪刀

不知不觉，天地间的春风

已浩荡行进三万里

不知不觉，颜色们

已次第　走上树梢

春水染眉眼

又一年

我感觉人生还在少年

而追悔莫及的事，已停泊在中年身体的周围

一想，那些梅花就落下来

一想，那些梅花就落下来

呼　唤

相互的呼唤
相互的不懈寻找

是关切的一声声喊叫
是漆黑宇宙的一束束光

要试探着，无法触摸到
彼此　就返回自身
有时温柔，像手牵手的轻语
有时麻木灰心
有时提心吊胆，怕不能相遇
怕再不能相遇，仿佛有着现实的惊惧
撕心裂肺

两声喊叫，两束星光
如果能交缠在一起
那是历经尘劫欣喜若狂的两根
绳索，是两张

散发动人光泽的脸

四个人的下午

一个女孩
在六年前的出租屋，我的隔壁
门前站着，敲，咚咚，噔噔
一个下午

昏黄的光线煎熬而又漫长
像炒锅煎煮小黄鱼。
数次探头，看到她马尾辫的油亮

"我知道你在里边！"有时她发出呼喊
而里边的两个人一声不吭

忽然想起她，是想起
她的伤心、绝望和坚持
是基于
多美好的一份情感的
不死心和期望

人　间

没有更好的身体

和微笑，愉悦对方

否则

他会倾其所有献出来

爱，止于这一刻的身体

和凝望

否则

他会献上更多爱

人间

不富足也不薄凉

对每个人都一样。

于灵魂却不同

他每日登上峰巅

看看灵魂

看看它亦欢欣亦阵痛的模样

它献祭柔顺羔羊的模样

奔跑的游戏

奔跑啊，奔跑

不停歇的嬉笑追逐

不停歇的男女脚步，不停歇的

角色转换、世界轮回

没有尘世的愁忧

——只是一场场游戏，他们玩

我们看：他们是真的快乐

有时把自己代入

怀念一些过往，设想

一些可能，或者，什么都不想

——只是一场场游戏

罢了，然而我们

跟随他们，开怀地笑，笑疼了肚子

有时却笑出了眼泪

飞鸟和我

我向你飞来
一颗子弹一样

却在接近窗玻璃时
迅速转向

不是因为快乐、抑郁或者忧伤
只是最自然的一种飞翔

落地窗前，你看到我
一只鸟儿似的
扑棱棱
转向秋风吹拂云朵的高空

冷 月

越来越冷了，体内的寒气
使那半轮灰蒙蒙的月亮
退得更远

我一个人，在这慢慢熟悉起来的异地
烧烤摊放散出烟气与香气的街头
驻足
看尘世

这个夜晚
人流都是面容模糊的蚂蚁
我比他们高一些
可以与斜上方的月亮对峙
或者遥相呼应

它渐渐又发出亘古以来的金黄
我不在的那些年里
它越来越凛冽。

它让孤单中的温暖又返回我的身体

让孤单，发出了一丝丝被冻裂的轻响

靠　近

有鲜美之物

不可过分靠近。

有璀璨之物

不可过分靠近。

可倾心爱恋之物

不可过分靠近。

可抛弃其他，只迷恋它之物

不可真正靠近。

它们是祭坛上的红宝石

适合让某些人默然、哑然。

一小块阳光

一小块阳光
透过蒙尘的玻璃窗
落在桌旁的水泥地上

它带着秋日的气息
慢慢照亮一家人
清贫而温馨的生活：
旧但洁净的厨具
小客厅油漆脱落的木柜
白瓷碗、妈妈晨起做饭的背影
和桌边诵读声琅琅的孩子

秋凉了，风声和树在窗外晃荡
一小片阳光
却是那么亮，仿佛
让整个世界都充满了温暖

清 晨

众妙之门打开
钥匙是那一道晨炊
和荷包蛋

云端传来隐约的吟唱
日常生活平淡的幸福
和刚洗净的有小胡茬的脸
构成浅浅的应和。

年前的人家

这一户人家

回乡过年去了。

窗玻璃有些蒙尘

厚厚枣红门帘后链锁高挂。

租来的生活

像小小屋子　也许

处在这个城市最偏僻的角落

但细细看

能分辨出贫苦中幸福的滋味

去年贴上的春联

雨雪浸成了粉色　却一张也没有掉

门上的横幅："五福临门"

左写："春风得意马蹄疾"

窗下的一小堆炭

错落着雪

却黑黑地堆放整齐。

"马蹄疾"的旁达　墙壁上

稚嫩的六个字：好人一生平安

一定是个孩子写的

白粉笔写的，稚嫩的

却写得工整，是那么用心

惧　怕

那地下的白骨们

使我惧怕。我并不惧怕死亡，但我怕

有一天，看见一张熟悉的脸孔

在土中的消亡，怕看见

我爱着的骨肉，一点点消融

一点点　养肥根须深深的草

我怕自己会伤心于她的疼痛：

已经劳累伤痛了一辈子

还要继续痛。我怕

再无人给她掖起被角

无人给她捶腰，我怕

湿冷的永远不再生长的白发

我怕

那种永久的孤独

父　亲

西红柿三个，沾泥土豆两个
葱一绺，饺子一盘

舍不得扔掉：出差归来
父亲已回老家了。它们
是他留下的

冰箱里静静变质的过程
闪着光

甜蜜
又有些忧伤

有一天踮脚，打开橱柜
看到半瓶红豆、半瓶米
仿佛看到了，他坐在我身边
空气里，耐心
把一颗颗豆子装进可乐瓶

然后，又把香甜的糯米

装进来

那些年吃过的圆白菜

那些年吃过的圆白菜
结实、饱满、闪着青白莹润光泽

不知从哪里来的，一颗颗
微笑着走进刚步入城市的清贫之家

有各种吃法，最美味的
一种：酱油醋和盐
拌了，腌一会儿

咬来清脆，酸爽里
弥散微微的甜

那些年，它们
都经过母亲的指尖

长　至

从现在起

要学会母亲拿手的
许多许多菜
各种面点
——最好是全部

母亲的味道
才会久久存留
长至，一生

石 榴

冬风起，我手头有大石榴。

石榴红　石榴莹透

且甜，粒粒讶许同

颗颗石榴

好像这遥远京城夜晚

街道上闪烁的车灯

它们沉缓的归心

在夜色中璀璨地绽开，抽出枝芽。

冬风起，石榴

有憨厚的笑，而我心

多感伤：不能把它们

寄给围餐桌而坐的亲人

镜　子

镜子无情地磨损了我们

我们不知不觉就老了

生命里，仿佛没有其他了

除了一些爱和疼痛刻骨。

而我们一直庆幸，不孤单的我们

拥有爱

它们固执而自然地存在

不曾有一刻的消散

有时我们一个人微笑

想起远方的亲人，窗外的月亮

和我们的微微散发光亮的脸庞连在一起

自童年时，它就这样

我们的一生，仿佛

不会给它丝毫磨损

铁　证

天上一轮才捧出
人间万姓仰头看
我们记忆中的
多皎洁的一轮
多皎洁的铁证

它的存在
时刻告诉我们：变化而去的
是亿万年山川与建筑的浮云
爱情和亲情
从不曾是两座废弃过的空城

两家人·五孔窑洞

它们拙朴地开凿在

这个塞外的村子的

黄土泥崖底部

零星散落的人家的底层

——雕花窗棂。鲜红窗花。蒙尘的玻璃窗。铁链锁

牢钉在刻着门神

雨雪蚀旧的发黑木门上

天悠悠地高，它们低

而有亘古土块粗糙的沉默。

两家人：两位老人和一个

十六七岁的女孩子

中间隔一堵矮矮的泥砌的短垣

和一经春雨便长出的嫩草芽儿

那是两家之间

象征性的界线。

在六舅姥爷家，听香表姨讲故事

二十多年前的油灯醒着

风吹窗缝带来的故事醒着

鼠嫁女的红窗花醒着

蒙尘的玻璃窗醒着

被黑夜凝聚的星光醒着

温暖的土炕醒着，炉子醒着

壁上明暗不定的清油画醒着

老人沉默地吐出的旱烟圈醒着

红头绳一样鲜艳的少女的民间故事的话匣子醒着

孩子的小小心灵醒着

此刻，村子的浓重的黑暗

早已呼呼地睡着

边塞的土崖早已睡着，高高低低的

土崖上的窑洞与门神早已睡着

有灵性的草木睡着

天空合上沉沉的眼睑

土地关闭了载着牛群、羊群、猪群的

被疲倦揉皱了的脸

愈来愈深的夜色

抱着村庄，如抱着一个

古老的婴儿。蒙眬

也渐渐睡去了

窑洞中的小鼠·偷什么

窸窸窣窣，小鼠在黑暗中

偷什么？

偷那摇曳油灯

照不亮的那一半嘴唇缄默的黑暗？

偷六舅姥爷用艾蒿点燃的旱烟圈？

偷油黑灶台残余的温暖？

偷那炉子火红的　一闪一闪的暖和？

偷那古旧窑壁沉淀的气息？

偷回荡在村子里

用手心或手背拍打门板的风声？

偷我听着故事

半睡半醒的呵欠？

偷那掩藏不住的星光剪裁出的窗花

结出的小诗？

地上有鸡群未曾啄尽的瘪谷与麦粒

紧盖的　上写"五谷丰登"的粮仓边

漏下几粒玉米，它们半藏在

阴影里。灯花"哔剥"地轻响

愈长愈长，

抑或，那只是它

食饱的小鼠，在幸福地磨牙

非 鱼

子非鱼
安知鱼之乐?

子非鱼
安知鱼之苦?

一个人的人生之苦：我的三舅
我认识他的三十余年
他一直遵循着各种道德
很多行为，都闪烁着美德
不偷抢、不妄语、不杀生……
说话从来不高声，从来都
带着谦谦之笑

每一个晨昏都辛勤劳作
但他为什么得不到幸福?
他的右手大拇指
被机器绞断了

上次我见他，他在为一户人家

装修

和水泥，歇下来时

用半温的水，就一口冷月饼

我不是三舅

但我因他

而生出怀疑。

古　人

相看两不厌，

只有敬亭山。

————李白《独坐敬亭山》

一

那个古人

终于站起身来

他不再在山峰间坐着

看云和飞鸟

被丝丝缕缕的微风包围

他晃荡了几下

就消失在了山后

但我还是长久地仰望

仿佛，他还像千年不变的微风一样

还在。

多少年了，多少人梦想

代替他坐着

却都在山下

做了散开的微尘

二

我坐在这里

看云、飞鸟和山峰

仿佛在这里很久了

仿佛一千多年前的那个古人

是代替我坐下来的

我们有着如此大的

相似之处：我们都在这座山峰上

存在过

这是一种光荣

当风声停歇

那团不薄不厚的云

飘远了

人　间

太阳竟能这么大、这么白，几近平行地

放出了我能看到的灿烂人间

远处的楼群、近处的朦胧小巷、草木

各种姿势的人们和奔跑的小狗

都从它的混沌怀中，涌出

日涌人间流

看不见的、黏稠的人生的平凡与悲欢

正回旋、涌动

一如往日。一定有一位老人

正在小巷中起身，离开尘世

在他隔壁，一个面容还丑的婴儿

呱呱坠地。一定有一个修鞋匠

落日中紧闭着如灰布衣裳的嘴唇

挑着担子走回

一定有屠夫早已幡然悔悟，低声长叹

却因自己是父亲

卸不下风尘，扔不掉那屠刀

战 栗

他令我战栗。后来我回想
活脱脱他是
那夜梦中怪物的模样
窄脸，没有脖颈：
这样古怪的形象
在我的眼前出现

他是獐子脸的猎人
冷静而阴沉，上山途中，秘密地盘旋
一直在我身后。央到山顶时我迷路了
拉住整整一个村庄的居民的衣角哀求
哀求他们原谅我　我所不知道的过错
他也出现，瘦小身子，持着冰冷猎枪：
"这一路，我有很多次机会
杀掉你，我真后悔没有杀掉你。"

他冷冷地走远
全不顾我的焦灼无助。

在现实中，我能否哀求他

停下来？

都不管了

被杀死后，猪不再动容

切片、下锅、煎炸

发出嗞嗞的声响，被炒至红润

猪都不管了

一切与它无关

它没有肉身，被盛在盘中

在一堆食物中，归于生的目的，它不再

慵懒地哼一声

身　体

这具被尘世用旧的身体，碗一样。

你用它盛过水，盛过血

盛过土

盛装过尖嘶的火

你用它穿过各种衣裳

穿过各种快乐

穿过或薄或厚的梦境

穿过一些简单的愿望

愿望简单，而不可多得

慢慢，它就老了

这具和世界猛烈地做过爱的老躯干

有天，你抠住了自己的干巴肋骨

你使劲地摸索它们

仿佛在那层枯瘦的皮上

找寻自己爱过、活过的证据和秘密

然而，你是谁

它又是谁的身体

背　诵

曼德尔施塔姆逝后，42年间

娜杰日达

仍然是他的妻子

她日日夜夜地背诵

丈夫的诗句

起先，是为了不使它们湮灭

后来，近于一种仪式

风雪中

是有传说的

孩 子

纯洁的孩子
成长，不是屈从
卑贱地笑着
仰卧于生活之下

你让我意外
因为把你视为亲人
我脸红了一下：
我们活得艰难
但尚有羞耻之心

背 弃

飞机上看人世
茫茫黑暗，闪耀着璀璨灯光

高远的深渊忽让我想到
一个背弃了为他舍去生命的朋友的人

他只残存微弱的忏悔，嬉笑于都市
而他的朋友，在暗夜里闪着光。

刀削面

吃一碗刀削面，小饭馆
想起
另一个小饭馆
好吃的炒刀削面

它在二十年前的一些夏夜
灯光橘黄，笑语喧腾
我们的皮肤光鲜

有一个兄弟
身体已然走失了
小饭馆依然在，我们的记忆里
不增不减

我们围坐在一起，喝着啤酒玩笑
那位兄弟的面容，并不显眼

李小暖说

天上若是给你掉个馅饼

地上可能

给你挖了一个陷阱

得匹配

得对等

能量的守恒

让人黯然神伤

我们明知

不断追求美的渴求的事物

多么危险

却总控制不住

让自己飞蛾一样扑火

这世界

最恶的是人心

最好的，也是人心。

浮　云

小巷的台阶上，人群中
一个红衣服的女孩笑着
骂了一个男孩一句
拧了他一下
然后又拍拍他裤子上的土
他们的亲热
与其他男女的　并无两样

人群顷刻间就会变幻
尘世间的浮云，转眼间
就会聚散了又聚散
再聚到一起时
原先的形状
也早失了

谁都不会注意到一对男女
再普通不过的表情
再平常不过的亲昵

但是谁知道

他们　偶一回望

心头会泛起怎样的甜蜜与凄楚

当悲欢将他们催得鹤发鸡皮

在人世的两处

　　——可还有人，拧那个憨厚敦实的男孩一下

　　　可还有人拍拍我裤子上的土？

石　窟

多年前

梦到一尊瑟缩的佛

他不说话

岩石用镌刻的字迹替他说：

无罪佛陀

看到他他哭了

像雨，下个不停

羞耻感在身体里包藏，掩不住了。

没有嘴巴替他说出

他就是岩洞里的那尊石像

说出：他也是

无罪的

赎　回

人间的罪，如此昂贵
要这样赎回。

雨滴中回荡着那个小女孩的笑：
爱我，爱我。

男孩无法爱她
命运的喉舌封住他的嘴

他渴望，面前落下的一片阳光
和他人的没有差别，渴着的心灵
长久地等待天使羽翼的救拔

你不断地犯罪。判决这样给他
他披着枷锁，慢慢无动于衷，他在老去

然而总有雨声
穿越一切而来，有时敲击他：

爱我，爱我……

夜　半

一定发生了什么

搁至高处的电动牙刷
夜半
一跃而下
撞翻盥洗台上
他现在
使用的牙桶与牙刷
发出撞击地面的响声

电动牙刷
是分手三月的女友
为他买的。

老核桃

他变得更丑

这个五官生来难看的人

五官现在都在抽

嘴巴、鼻子、眼睛、耳朵、眉毛

有的紧紧蹙缩

有的向脸部以外的空间

极力伸展

多难看的一个抽紧的

干巴老核桃，手抖、脚抖

完全失神的老人

眼中不可抑削地

沁出泪水，嘴角咧成

无法言说的各种形状

别人递给他水，他抖颤着接不过

别人对他说，您坐一会儿吧

他听不到，核桃继续

更紧地抽搐，偶尔缩放

再抽紧：

他的女婿被埋在矿底两天了

他终于把自己变成一个

发不出声音的

被一双无形的手掌把玩着的

老核桃

翠花的重要时刻

"侉侉"——
贩来的女人

她十六岁
矮小，胸脯丰满
湿漉漉的头发散乱
桀骜不驯的劣质桂花油味儿

"小心我三叔订你"　阿伟这样回答她
我看到蓦然闪过的一丝白亮惊惧

脸如土灰的中年眼镜男人会教训她
如暴击牲畜
他用铁棒拙她小小的身体
烧红它烙它

命运终不可知，后来的小说
我虚构，她最后一次被抓回

夜半，被绑在树上，人静时
咕咚一声投了井，男人
叹息声在寒夜里回荡：
"可惜了那
三千块钱！"

"阿伟，长大了你带我
回四川" 她不爱理我，却把头
靠在正在读英语单词的小伟肩头
嘴唇微抖，目光里藏着
忐忑不安和期望的春水

她抖，抖。
那年阿伟十三岁，我十二岁
那一刻
一定是她一生中的重要时刻

山 岳

我有着残存的热爱

灰烬还未变凉，手掌还温润

趁我还爱着你，让我

摸摸你的额头

亲亲你的嘴角

抚你的腰骨

满怀爱意的声音

对你说：晚安

假装没有那么多悲凉

——明日隔山岳

从此是路人

浮世绘

浮世绘
喜悦与悲凉
你歇一歇再写

宫殿里的火炷
灼烧她完美的肉体

过路人，容你们远远
看一看，但拒绝你们看到真相

它如莲花，洁白无瑕，但它
烧灼你
它用它与生俱来的诱惑与残忍

这不是两种人生轨迹
作为心灵，它们同属一种
它们纠缠不休，相互伤害
又仿佛相爱

恰似它们的主人，但它们的根源同一。

好吧，我不说破。

浮 生

对，你就是她，她就是你

茫茫人海，你们终于寻见

彼此　你们

仿佛有过一两日相爱

随后　彼此折磨

彼此纠缠

仿佛，被折辱心灵尊严的

是另一个自己。越来越凶狠

仿佛

只因你们要自我摧毁

偶尔抬头，看见山间明月一轮

它历经千古，皎洁莹彻

它的美好与洁净，使你心生悲凉。

作　证

向亡者要灵魂

向已逝去的暗夜

要一根不慎落地的绣花针

要喧腾的身影、声响

和气味，向夏天要春天

要夏天亲来，为冬天的存在作证

一个绰号"绵羊"的十六岁少年

在全村人与三个手持大刀的流氓的对阵中

将其中一个失手捅死。前一天

村支书、村主任派几个流氓

到他家，威胁他父亲不得因违法征地

再上访，他们庄长刀架在他母亲的脖颈上

并且用刀拍击她的脸

少年被吓傻了，刚才他还在看动画片

1500多人的村庄，900多人联名

为他求情，但谁能进一步

为一个暗夜作证

谁能为一个少年

整夜磨刀的理由作证，谁能

代替他，向人间的法官举证？

兄　弟

兄弟，生来就是
相互救援的。
老三出生：清贫人家的第三个男孩
要送人

换回一个长小小耳瘤的女孩
老大埋着被子哭，六岁老二手拿菜刀
站在低垂着头的父亲身后：
"你给把我弟弟要回来！"

三弟被要了回来。

老二和老三上山玩
老二一头
栽在树底
气息微弱
三四岁的老三哭喊着飞奔
去叫爸爸

老二又活了回来。

翠花三笑

对着绯红天空笑一声，
小猫的笑。

对着深沉大地笑一下，
小狗的笑。

对着阴沉着脸、偶尔才把面皮放开的命运笑一下
小猪的，憨憨的笑。

黄　昏

杀猪匠感觉到软弱的尖刀的下垂

卖豆腐的发现　多少年

第一次将担子挑偏了

修鞋的一边收拾摊子

一边用手研磨膝间

绕着丝丝疼痛的风湿：

"老了！"

手开始不知不觉地捶腰了

他们从盘踞半生的地盘起身了

傍晚，各自回自己的家。

他们在那座灰蒙蒙的桥上　埋头

擦肩而过

互不相识，也不会注意

彼此相同的悲悯的眼神

那天空，有着铁灰一样的颜色

老妇人

正如王小妮诗中写的：

"大地只会使你

一怕再怕"

没有人敢亵渎大地

但这个老妇人

在街头

围观的人群中

跳着脚

杵着枯干如柴的手臂

骂了天

又咒骂地

而叫着叫着她便

一屁股坐在地上

满腹的辛酸

从眼角的褶皱二

挤了出来

莫　测

莫测

小区口

收通行费妇人

神色

数年不变

动作单一

笑容单一

批量生产中

不见人间喜忧

她扭头出神看榆树

该是惟一一次

泄露

榆钱儿绿黄

树丫间，深春正好

湖　水

湖水仿佛

有着向心的引力

中午我们散步

每当我们靠近这面湖

话题就转向

荣辱、温暖

广阔和爱

不是有意的

每当意识到这一点

我们都讶异于这种巧合

湖水有粼粼羞愧

它不能像一匹丝绸

托载起

前几日那个少女的美好身体

远　方

客说，远方
有人要披着雨水
流泪，走入沼泽

路边的艾草
有一瞬的恍惚
医治众生的草头方
没有从自己身上
找到　幸福之于土豆
亦遥不可及
转瞬间，粉红的大雾
弥漫于草莽与市井

年轻的石头——给一位矿难中失踪的矿工

在岩穴的某个不能被人找到的深处
矿物间渗出的水滴静静打击着逝者
黏住了的听觉

他不能再用手支撑着自己
坐起来
不能再呼吸
瘦弱胸脯不能再起伏，
眼皮紧合关闭所看的世界之门，
曾印有姑娘深情一吻的嘴唇紧抿
弃绝了所有的爱恨。
这躯体仿佛依旧柔软，
他安静地永无休止地眠睡。

只是痛苦，
一抹痛苦的微光习在抽搐、永久抽搐的脸肌上。
黑暗潮水般淹没了他
混沌中他躺着恍如

新郎不由自主地在死神的婚宴中。

帕里斯与海伦

他只是想着　得到尘世间

灿烂的爱情，可以殛时

吻上她润泽的唇

两个人的情爱，却生出

史上最耀眼的熊熊战火

还有庞杂的神灵盘桓其间

……多么辉煌而惨烈，但直到阿伽门农

攻进哀嗥一声松塌的城门

他也未曾懊悔，一颗心

反而得慰：他终于可以为她而死

她也从未后悔，这永远的王后。

被围困的十年

她夜夜登上城门

如最皎洁的金黄圆月巡行

那爱情的滋味

甜，若蜜糖

古　城

景象凝固了：

老人抱着孩子

妇女蹲身炊爨

男子跥着柴火

鸡在漫步觅食．狗在叫

——它张嘴，要挣脱锁链的不安一跃

成为永恒。

厄运来得太快，

都未及察觉。

那厚厚炽热岩灰太重的降临，

将偶尔的半声猝不及防的惊呼，

都压了下来。

数千年后，人们月锹锨剔出

一座被火山灰腌制得干干净净轮廓分明的

城池，它完整无损、洁净地

呈现在我们面前。

——在他们未被发现之前，

111

人们在上面耕种繁衍，

这些灰

富含矿物质且温润。

帕格尼尼

帕格尼尼。意大利人
小提琴师

他的琴声
使巴黎人
陶醉，无法自拔
甚至暂时忘却
身边肆虐的霍乱

在维也纳，一个瞎子
忽然大叫："这是个魔鬼！"
当他得知，刚才灌满他耳朵的
不是一个乐队的合奏
而只是一个人
弦上划拨出的声音：
意大利人，帕格尼尼

他火一样的灵魂

一定附着在琴弦上

这灵魂，如世间的其他火种一样

值得尊敬

徐小美

黎明时她醒了一次

感觉自己仿佛还被爱着

这让她光洁的胴体带动的朦胧空气

颤抖着疼了一次

北川之忘

"一年忘不掉，你就忘
两年"
"两年忘不掉，你就忘
三年"
"你养了她十六年，就忘她
十六年"

是好心劝慰者的哪一句话
使这个沉默了几天的
中年男人，爆发，满脸
迸散泪水，脖颈隆起青筋：
"怎么忘得掉？怎么
忘得掉？一千个十六年
也忘不掉！"

山无棱……天地合……夏雨雪……
他的十六岁的女儿，遇难
才只几天

116

群峰之巅

差可告慰，一个奇迹。

大水湾村一组，住在半山腰的一家人
活了下来。爬起来，六口人
从颤抖终于止歇的大地上，远望
有些青山不再，脚下村庄
皆成瓦砾，而居住了半世的半山腰
竟然隆起，成伸手可摘星辰的
群峰之巅

大地
每一次分裂自己的隆起
每一处轰然伏下
你的
是奇迹，也是一种
凄美的残酷

117

屋顶上的白云

一个毛头小伙子

刚刚攀上这高大二层红楼的前檐

就失手失足，一声呼喊，向后

摔下去了。

疏忽与苦难

甚至死亡

是挨得不能再近的

亲戚

他还不知道

他是不是

正和工友们相顾嬉笑

展示自己青年人赛猿猴的敏捷？

或是　刚从槐树下的石条上一骨碌爬起

还未睡醒，在快摸到屋顶上的白云时

还眨巴着迟滞的眼皮？

下午出门

天真蓝，云真白哪

高高低低的民工，沉默着

继续向下扔着要更换的红瓦

一个听来的故事

就是这样的山崖

就是在这样的采石场，润喜表兄

在惊天动地的轰响中

被削去半边脑袋。半边脑壳找不着啊

他的亲人们

寻遍整个采石场，翻遍了

每块能翻起的石头。

那个勤劳　有着憨厚从容的笑的人

意想不到的离开

留下妻子、三个儿女

和哭得快瞎掉双眼的父母

但他毕竟是肩膀宽大

高高的　大手大脚

一手抱一大麻袋山药蛋

健步如飞的润喜，是暖崖村最健壮的

润喜，出殡下棺时

他又回来了，依附在占有二舅身上

走了许多路寻回家，

他渴，喝了许多水

他的声音嘶哑

说，他以为引线不着

就去看了，他从来没有这么不小心

他依旧善良，告诉妻子

一定要照顾好爸妈

必要时再嫁，好拉扯大可怜的儿女……

乡村占卜人说，早在几个月前

他开拖拉机，打滑，差点滑下山坡时

魂儿，早已丢了……

姨姑父

他去世后的第三天
夜里，一个病了许久的亲戚
梦到，瘦小的他
忽然　在背后
拍了一下她的肩膀
说，我找啊找
找啊找
为什么总找不到家
找不到家人

她后来向人求证，得知
梦里的他
穿的正是他入殓时的衣衫
宽宽大大，不甚合身
她再也没敢去灵堂

姨姑说这事时
一脸解脱过后的平静，她说

人死了比活着遭罪强。

我想，一个一生善良的人

死了又有什么可怕？

然而，这个人

我欠他的　那么多

都没法还了

端 午

绿

再绿

枝叶庞杂

大槐树下

人影轻盈

而灰尘沉重

一曲响起

善恶再演

宛如戏

宛如刀戈相对

善良的人

长久未得慈善果报

原子弹坠落到广岛

那痉挛着的痛苦蜷曲成一团

然后，慢慢扩散

震颤和毁灭的力量

在这团蘑菇的中心自己都害怕得

瑟瑟发抖。这么亘大

亮，一千多个太阳同时爆裂

耀眼的亮，使天地

黯然失色的亮

它蜷曲着，根发烫地摩擦着

骤然疯狂的大地，将泪水和诅咒释放

它在被激发的一刹那

便开始战栗、惊骇：它无比兴奋

在脱离它的空间里

再无法控制自己

自然最犀利的兽性聚集，遮天蔽日的茂密烟尘

凝聚着

伸展着参差胡须

直升上云霄。
它越长越大

仿佛永无止境
仿佛永不会消失。
废墟、死亡、彻底的空荡
还未消失殆尽的尖厉呼喊，
蘑菇缓缓转动着逐渐灰白的头颅
沉重地叹息般眨一下眼，便紧紧
闭起了忍不住抖动的眼睑。

学生兵

年轻的头颅　骨碌碌

在地上滚动　停住

沾着一脸土

眼睛惊恐地望着天空

倾斜的天空中横着那个持刀的日本军官

他的脸那么狰狞

疼……疼啊！……

我只是一个学生兵

我在刺刀与长枪的监押下

拆铁轨　我只是抡着铁镐

一下一下

砸着铁钉　我只是不小心

轨钉旁的一粒石子　突然溅起来

砸着了他的眼镜

小战俘

这个傍晚的天空与往常并没什么不同
云霞在西方又红又青，那轮太阳正在穿过它们

战俘们收工了。
拖着疼痛疲惫的躯体，摇摇晃晃
往回挪，向着集住地。
忽然，视线中出现了三个日本兵——
"你的！出来！"
指着一个黑头土脸的小战俘

命令他将双手平举，站成一个"大"字
然后，一人揪着他的一只手
另外的一个日本兵站在他身后
"嗨""嗨"两声
寒光闪闪的东洋刀，劈下
劈掉这猝不及防的孩子的两条胳臂
再一刀，从头劈至腰部

洛阳集中营。然后

他们哈哈大笑着，得意地走开

或许，这纯粹是出于

他们饭后的无聊

韩家小院里的日妓

暖和的阳光里，穿着故乡的和服
荡着秋千
你们为什么唱着凄凉的歌？

韩家小院里，蝴蝶蹁跹起舞
春草已绿，露珠莹润欲滴
你们为什么唱着凄凉的歌？

橡胶鞋轻轻地摩擦着地面
你们在这千年亿年，从不属于你们的土地上
走来走去　为什么唱着凄凉的歌？

和那些整日不能起身、渐渐骨瘦似柴的中国慰安妇相比
跟那些凄惨地死去的妇人相比
你们是幸运的，你们接待的
只是日本军官。然而，你们唱着凄凉的歌

半个多世纪后，一位叫孙赐芹的老人

仍然忆起，盂县城，那包裹在阳光中的小院

那些年轻的日本女人

他至今还能完整地唱出

她们唱着的歌

刘连仁

猎人，在洞穴中

你发现了什么？

头顶白雪的雪豹？

灰色皮毛的饿狼？

还是身体笨拙的熊瞎子？

是一个目光呆滞、不能讲话的人。

山东劳工刘连仁，1945年7月

由北海道　昭和矿业所逃出

十三年，掘野菜、饮雪水

吃野生动物、死鼠腐鸟

同逃者三人，陆续被抓回

他躲进深山。在意识机能还未损毁之前

远方的父母、妻子、儿女，看不见的故乡

一定冰雪一样

咬嚼着他的心。

雪落下

雪落下来

落在屠宰场，一千多名中国人身上
落在
三四个日本军人身上

刀锋变得很钝。
老式步枪口，像无底的缓慢黑洞

几十年后，一位日本老兵
井手纯二，忏悔，却奇怪：
"俘虏都老老实实坐在地上，一个接一个
被砍死"
"我想如果一齐动手，就是踩
也把这几个兵踩烂了，可是
他们就是一动不动"
"他们为何柔弱如羔羊
这对我，是一个难解的谜"

雪有些伤感，它一片一片地落

有些东西，它至今也想不明白。

伤逝——题张巍摄影作品伤逝NO.10

他怎么突然就死了。突然
合上眼睑，再无知觉

小山丘有冬日灰白的高低起伏
冷硬的灌木，灰色的风吹不动
空旷而苍凉的天空俯下低矮身子
向这个弯腰的扎长麻花辫的
年轻女人——
她无比哀伤地慢慢动起来

拍拍他的脸，想使他
醒过来，但他再
无动于衷。她终于
辨明这个事实
他已随这个世间的许多事物，已逝

她要将他运回家
尝试许多姿势，她愿意

让穿着中山装的他仰躺，让他再看着她

揪住他的两只手和一只脚

将他一下一下地，费力地拖回

这样，他会蜷曲着

像他多少次抱过的蜷曲的她一样

这样，她的腿会碰着他的结实臀部

手会与他的手紧紧纠缠

这两只手仿佛还会给她

倒茶盛饭

在她旁边端起书本

和她一起赶着牛羊

暮色中归家

她的长辫子啊，耷拉在他的胸膛

一下一下，摩擦他

她埋着头，用力

他身上的土滚卷到她的身上

他们都成了多土的人。听不到她

喉间、鼻间发出什么声音

照片中，是不辨背景、年代和声音的

湖心亭的雪

一

雨加雪
落下来

悲愤带着寒意
秦桧府中
一派
富贵庄严气象

二

风波亭只是一个开始
刺桧不中的殿司小校
已不在　奸相寿终正寝
还要许多年

将军不在

陪伴他的松柏的根

给他凝结的温暖与微凉

三

湖心亭有宽解的衣带

孤山横卧，有山中高士的晶莹美

雪中飘摇的小舟，已不堪看

邓 志

他有慈悲心。

弹雨里脚踝洞穿
一夜壮年白头似老翁，只为
死去的兄弟
他说：哪怕能截获几克毒品
也可能挽救
一个家庭的幸福

他有那么善良的眼神
眼睛里藏着
一头肌腱隐约隆起的雄狮
也藏着一只温情的羔羊
藏着，一望到底的澄澈的
潭水

金刚伏魔，原无须
于众生怒目

有关蒲公英

每年都有几个老人

到文瀛十一斋的小院里

挖草里散落的蒲公英

她们专注而细心

这些红楼下的金黄乡村之心

一定可以疗治她们

城市中所患的病症

清晨出门，又有一个矮胖的老人

不断地躬身，向那些金。

她不知道危险可能降临

周阿姨一大早打扫好院子

洗漱去了

去年的一天，寸草必争的周阿姨

和三个挑菜的老人，激烈地争吵

战争结束，庞大老槐树下

她望着侵略者走去的方向

仍然恼怒地嘟囔个不停

也或许，这位老人

就是与周阿姨争吵过的

其中之一，她怀揣着一些割舍不下的

卷土重来

一　树

上午我和周阿姨

在门前的一株紫丁香树下闲聊

丁香叶子碧绿　　阳光清凉

她边拾掇石几上的花盆

边告诉我说她花盆里种的是

朝天椒、尖椒、青椒

搪瓷脸盆里的湿土，她还没想好种什么

但我知道，那里不久就将长出对遥远故土

暗暗的眷恋，无论它长出的是什么形状

下午归回，蓦然发现

丁香已绽放了半树花

一嘟噜、一嘟噜的，像是沉沉的庄稼

晚间再去瞅，另外的半树

也开了

从前我一直以为　春天

是树下美丽的蜗牛

142

现在才晓得，它的胸怀是多么盛大而热烈

我

在梦中我问：

"三十岁，很大了吗?"

那个不辨面目的黑瘦年轻神灵

回答："是的，很大。"

他的毫不犹豫

是一把锋利的刀　猛刺

我骤然缩紧的心脏

让我猝不及防地空虚，空如

周边的虚空

我绝望地看着这

虚空（觅不到破碎的青春啊）

我不甘心

想要再问一次，搜觅出

他撒谎的眼神

他却已在雨声中

消失。而他应该不知晓

我心存着不安与侥幸，在问话时

已将年龄，减去了一岁。

鸡　栖

鸡栖于榯

羊牛下来

夕光缓缓如短卷

这么多年
几千年
世间那些鸡鸭牛羊猪
不知去了哪里

枯 枝

枯枝上粘满稀薄的风铃

它们平行地坠下

风一吹，它们就整齐地晃动

自然勾勒出的淡色水墨画

几只大的鸟，蹲踞在枝丫上

时不时地，进行自己拙朴的解说

春日土拨鼠

挖呀挖

春风里藏着柳枝、果子和美酒

挖呀挖

春风里藏着解冻的蝼蚁和树熊

挖呀挖

春风里藏着风筝的脚、冰上奔跑的孩子们的心

春风里藏着一座宝库

温暖、明亮、富可敌国

挖呀挖，你兴高采烈地挖

你满头大汗地挖

挖不到这座宝藏的伤痕

春风，它不给你看

证　人

是一个秘密。

少年时，他在床头
读书，意想下午的光
全部向他聚拢过来
想象自己
凝结成一尊金色的大佛

它们真的聚向了他，同伴惊叹："阳光
都在你身上弥漫！"

这是真的。
证人，现在
还活着，且已皱纹深深
历经悲欢。

然 后

两个人，各喝了一碗羊汤
腾腾热气，捧住他们的脸。

然后手牵手，去旁边的市场
买久别后星期天的菜

买了芹菜、菠菜、藕、红薯
买了红豆、薏米、百合做粥

然后去洗衣店
取羽绒服

天冷，然一切皆友善
洗衣店老板，补了一粒脱落的纽扣

人间简单
暮晚空气浮动，不费思量
——让人心中安定

然后，回家。

星期二

夜半一声巨响，厨房顶上的瓷砖水泥

呼啸砸下

我是幸运的

我常停留于庖厨间

而它们身怀百斤居高之力

进出于一家又一家店铺

问老板。

十几日后是年关，早早返乡的工人

是幸运的

得厚实老板娘指点

是幸运的

可替换头顶悬石的材料

她家有；师傅

可去北门自找。建材城北门口

十几名京城寒风滞留的匠人

拥上来

半日修复惶惑与隐患的

是幸运的，那位用五个小时

让另一个人的年完整的

是幸运的，他像极了其他

养育了两个读了大学渐有出息的儿子

却仍佶据的老父亲

当同伴一致提出二百元的工价

他像待挑选的奴隶中的一个

——当选定的神情指向他

他有隐忍而终掩藏不住的

一小点喜色

铜铃山半日

山林中自有准则

昆虫专家李元胜

雨中随我"混"伞时说

就是真的遇到蛇虫

也不必怕

人不犯蛇，蛇不犯人

就连眼镜王蛇

发出呼呼响声也只为捍卫领地

栈道间时而有大树胳臂斜伸

你必得弯腰低头

方能过去

他们有硬脾气

你须有敬意：

他们比你老

你就应该让着他们

一路都听着轰隆水声

葫芦潭、美女潭、心潭

潭潭不断

潭若其名

亿万年不停歇打磨它们的流水

用给予它们的形状

展示着自然的伟力

混沌间

经历这么多年轮回

春色混沌未开时

仍对自然伟力

将信将疑

最简单的最神秘

绿色会在天地间盛大地铺开

树的身躯输送出果子

暖暖三月气息

包裹着广场上的人群

我在一块石头上

坐了一会儿

许了一个愿

错 的

那么多记忆是错的
而恰恰，是它们
叠加于我们的真实之上
构成使人迷恋的部分

使路边走着的少女们
次第展开了笑靥

牦　牛

一

绵延红山旁，大桥上
样貌各异的牦牛，一齐
把头转向了我
哑默，带着相同的
好奇与戒备
披着毛发的众生
其中一个黑脸的
仿佛一个妇人

昨天吃过的两块牦牛肉
胃里轻轻地
跳动了两下
像是两声
轻轻的心跳

二

视觉的反差生出的
竟是宗教的悲悯与怜惜
清真寺前，一只大牦牛头
被掀在一边，热乎乎的皮毛
逐渐摊开
终归一死，这里的幸福
在于：刀又轻又快
阿訇的超度经文
庄严而动听

最后一个太监

命根子，是被父亲死死压着
割去的
太穷，他要把他送去皇宫

逢迎极度小心，被赶出宫外的皇后
洗手
他跪着端起盥洗盆
抽烟吹灰
他跪着用玉器皿接住

有时九死一生，一桩小事
皇帝举起手枪
指着他的头

后来他捡煤渣
做出纳
活过了94个年头

他说他一生

流过两次眼泪

一次，父亲为他净身时

一次，父亲将他的"宝贝儿"扔掉时

摊　贩

多年来，不是生活

亏欠了一个人，也不是

你亏欠了生活

和命运

多么固执，讨价还价

这么久

姿态一毫未变

前倾的身子和挥舞的双手

有时微笑兴高采烈

有时歇斯底里垂头丧气

有时谄媚，有时甚至

哭了起来

"我要这个；……我要

那个；……它真的对我很重要"

而面前站着的空气人

是那个斤斤计较的摊贩

她有伶俐口舌、冷漠表情

少一分，她也不卖。

仓央嘉措

雪域里最大的王

因为诗人的身份

世俗的分量

立刻变轻

有如戏子

这是一种讥刺

不知所踪的一粒灰尘，小身躯

可以被随意掩去

却让所有的爱情

白茫茫大地上，找到倚撑

雾霾颂

从高空看

它像滚滚翻腾的黑云

一副疲于翕张的肝肺

从高空看

蚂蚁一样小、各种姿势的人们

各自

拖曳着属于自己的一朵黑云

遥远地，屋里屋外

来来去去

来来去去

恐袭遇难者冈萨雷斯

从此，集合了所有女孩子的优点
从此，她完美地浮在空中

"她的遇难，像是
令人厌恶的玩笑"
爱她的人追忆，这么说

爱她的人这么说
把手指向那金黄圆月
它又冷又温暖
多像她曾经的脸庞

转自诗人毛子朋友圈的一则报道

最血腥一夜，恐袭
至少150人遇难

法国人彻夜不眠
街头矗立
灯光辉映如白昼
他们打出的标语：
"我们不害怕"

一条推特说："干了这件事的人，
你听到了吗？
他们不害怕。
你毁不掉他们的，
你赢不了。"

刀　舞

一只螃蟹夹起
一把水果刀
从案板上夺路而逃

转过一个墙角，又转过
一个墙角，再转过

一个垃圾桶

到温暖的阳光里

挥刀的不懈应战
庄严而滑稽

悲壮的横行，只是在
捍卫
它并无丝毫伤人之心。

味　道

没有一颗野菜是坏的
没有一颗果实是不好的

乡村出来的孩子知道

我满怀喜悦
拎着偶然间买到
重逢的甜苣菜，知道
它们，和用煮熟的土豆擦成的丝
拌在一起
会产生怎样迷人的味道

甜苣菜
也被称为苦菜

渡船向普陀

摇摇晃晃地接近你

海浪给了我浮力

翠色和山石

都是一种象征

我们的影子

越过午后的栏杆，弯弯曲曲地

落在黄浊的水面上

普陀山

幸福的一眼投给你，
菩萨。
苦痛的一眼投给你，
菩萨。

这些年经历的一切
都从心底捧出
陈列在你面前

熠熠生辉的宝石
歌吟吹过它们。

海口三月

三月的风吹拂。
一阵阵舒爽的湿暖
我们，北方来的身体

三角梅静静地开
随处开
不分春秋冬夏地开
宇宙洪荒里天荒地老地开

安静的万物中藏着生命
生生不息的巨大的燃烧的轰鸣
活得艳丽而炽热的三角梅
是铺天盖地的扩音器

满 月

傍晚那轮又大又黄的圆月
让我们猛然抬头
诧异而欣喜
而走着走着
忽然看不见它了

它还在某个地方，但我们生起
恍有所失的惘然

我们是多么易于
患于得失，即使身旁不易察觉地
运行着庞大的爱的世界
像那轮满月。

稽 首

一

一头大象
走到救助车旁

盗猎者的子弹
贯入它的颅骨
它将必死无疑
若弹头
再下沉五厘米

它温和地走向救助人
仿佛知晓
他们是慈善的一群
手术后，它依旧温和

缓慢步态、淡定眼神

让它看起来，像极一位了悟因果的

尊者

二

血牙，象牙之最上者

传说，取血牙者

虐杀幼象，于母象哀恸

血液加速循环

流布齿间之际

杀之可得

三

草木茂盛的那些年

獾，随处可捕

可食，可制油

可使瘦人肥

有一只，落入圈套后

直立稽首

貌似求饶

眼中闪起泪花

捕獴者摇头，解开绳扣

放它去了

四

我记得我的狗

打狗队日日搜寻

经过门前供销社

——他们为什么打狗？为什么

可以日日打狗？

这是多年后我想到的。

闩上门，在它身上堆了柴草

黄狗身材高大

却听话，乖乖伏卧

不出一声，两个小生命

我和它

黑眼睛

不知从哪里接收到了惧意

过了几天，我吃到了狗肉

粗粝，味美

红辣椒香气扑鼻

二十多年，一直不知道

那肉，是不是它的

转　经

大拉卜楞寺

数不清的人

绕大殿转圈

口诵经文

玛曲的一座小寺

几个人

绕大殿转圈

口诵经文

更南方的一垄孤零零的白塔

一个人

围绕它转圈

我看到的老阿嬷衣衫敝旧而清洁

曾走在我前面的老阿嬷们

脚步蹒跚，发辫花白：

今生幸福还有希望

修不得今生

那就修来生

水的寺庙

盐锅峡，黄浊河水

开始放身奔涌

礁石上激溅

向上，永靖

黄浊河水，平坦旷远，静水

深流，不动声色携泥沙

东去，褐红山崖和绿树

倒影一起淌流

再向上，刘家峡

河水竟转碧蓝，一如三峡

再向上，玛曲滩涂

九曲黄河第一弯，白云间，清净水光

映照毛茛，那一望无际小黄花

我们不由在草地和花间

坐下来

随处庄严，黄河
是一座水的寺庙

图书在版编目（CIP）数据

下午茶 / 聂权著. — 2版. — 成都：四川文艺出
版社，2019.4
ISBN 978-7-5411-5291-7

Ⅰ.①下… Ⅱ.①聂… Ⅲ.①诗集—中国—当代
Ⅳ.①I227

中国版本图书馆CIP数据核字（2019）第038623号

XIAWU CHA
下午茶

聂权　著

责任编辑　金炀淏　奉学勤
封面设计　鸿儒文轩·书心瞬意
内文设计　史小燕
责任校对　王　冉

出版发行　四川文艺出版社（成都市槐树街2号）
网　　址　www.scwys.com
电　　话　028-86259235（发行部）　　028-86259303（编辑部）
传　　真　028-86259306

邮购地址　成都市槐树街2号四川文艺出版社邮购部　610031
印　　刷　三河市华东印刷有限公司
成品尺寸　142mm×210mm　　　开　　本　32开
印　　张　6.25　　　　　　　　字　　数　130千
版　　次　2019年4月第二版　　印　　次　2021年4月第三次印刷
书　　号　ISBN 978-7-5411-5291-7
定　　价　45.00元